AF371022

DISCOURS

PRONONCÉS DANS LA SÉANCE PUBLIQUE

TENUE

PAR L'ACADÉMIE FRANÇAISE,

Pour la réception de M. le baron DE BARANTE.

Le 20 novembre 1828.

A PARIS,

DE L'IMPRIMERIE DE FIRMIN DIDOT,

IMPRIMEUR DU ROI ET DE L'INSTITUT, RUE JACOB, N° 24.

1828.

Louis XVI avait choisi. Ainsi fut honoré, dans leurs personnes, ce barreau français, dont le courage à défendre les accusés fut toujours une des libertés et des gloires du pays.

Dès le moment même, si le danger de ce choix fut compris, l'honneur ne le fut pas moins. Beaucoup de défenseurs de tout rang et de toute situation se présentèrent à l'envi, pour remplir ce périlleux devoir. Je vois assis parmi vous un noble orateur, qui demande à revenir de l'exil pour défendre son roi avec cette chaleur et cette religion qu'il avait mises à venger la mémoire de son père (1). Celui même qui n'avait pas cru pouvoir se charger de ce glorieux emploi, éprouva le besoin d'échapper à une fâcheuse apparence. Il écrivit une défense du roi, la fit imprimer et distribuer aux juges. Honorable témoignage de cette conscience publique, dont la voix s'élevait plus haut que les menaces de la terreur. Je veux citer un autre indice de cette disposition générale à honorer les défenseurs de Louis XVI, à sympathiser avec leur dévouement. L'homme qui avait dit qu'on n'avait point de procès à faire; que Louis était non pas un accusé, mais un condamné; que s'il était reconnu innocent, ceux qui l'avaient détrôné et emprisonné étaient coupables : cet homme, s'effrayant que la parole pût être, même pour la forme, accordée un instant à la justice et à l'humanité, ajouta avec amertume : « Nous pourrions bien un jour décerner des couronnes ci- « viques aux défenseurs de Louis. » Ces paroles sont de Robespierre, et nous voilà, Messieurs, assemblés ici pour accomplir sa prophétie.

Le plaidoyer de M. de Sèze eut autant de fermeté que sa conduite. « Je ne veux pas les attendrir, » lui avait dit le Roi, en faisant supprimer une péroraison pathétique qui devait terminer son discours. Louis XVI avait raison ; l'esprit de vertige qui dominait l'assemblée ne laissait point de place à l'attendrissement. C'était une époque de rudesse et sans pitié. Il ne convenait pas

(1) M. le marquis de Lally-Tollendal.

que le fils de saint Louis et de Henri IV se montrât en vain
suppliant. Il ne fallait altérer en rien la dignité de ce courage
si simple devant la mort, qu'un autre attentat a retrouvé depuis
dans un autre Bourbon.

Le calme et la majesté que le Roi manifesta durant cette agonie
juridique se montrent pleinement dans les paroles de M. de Sèze.
Nulle intention d'excuse, nulle petitesse de justification, jamais de
faiblesse dans l'apologie; c'est un roi qui veut détromper ses su-
jets. Ce n'est pas la vie qu'il leur demande, c'est leur reconnaissance et leur amour, parce qu'il a la conscience de les avoir mé-
rités. Le jugement de la postérité le vengera; il le sait bien et le
dit en face à ses juges; mais, à eux, il veut leur épargner un crime.
C'est le seul motif qui puisse le faire consentir à alléguer une autre
défense que leur incompétence et son inviolabilité. « Il n'y a rien
« à prononcer sur Louis, dit M. de Sèze; mais je parle au peuple
« lui-même, et Louis a trop à cœur de détruire les préventions qu'on
« lui a inspirées. »

On ne peut jamais rappeler ce plaidoyer, sans citer les coura-
geuses paroles que vous me reprocheriez d'omettre, toutes connues
qu'elles sont.

« Citoyens, je vous parlerai avec la franchise d'un homme libre.
« Je cherche parmi vous des juges, et je ne vois que des accusa-
« teurs. Vous voulez prononcer sur le sort de Louis, et c'est vous-
« mêmes qui l'accusez.

« Louis sera donc le seul Français pour lequel il n'existera au-
« cune loi, ni aucune forme; il n'aura ni les droits de citoyen, ni
« les prérogatives de roi. »

Il faut encore citer ce noble et courageux mouvement :

« Je vous supplie de ne pas considérer les défenseurs de Louis
« comme des défenseurs. Nous avons notre conscience à nous.
« Nous aussi nous faisons partie du peuple; nous sommes citoyens,
« nous sommes Français. Nous avons pleuré, nous pleurons en-
« core sur tout le sang qui a coulé dans la journée du 10 août;

« et si nous avions cru Louis coupable des inconcevables événe-
« ments qui l'ont fait répandre, vous ne nous verriez pas aujour-
« d'hui, avec lui, à votre barre, lui prêter, oserai-je le dire, l'appui
« de notre courageuse véracité. »

C'était aux auteurs eux-mêmes des complots du 10 août qu'il parlait, leur renvoyant le cri du sang qu'ils avaient versé. C'était devant eux qu'il se présentait vaillamment non plus comme avocat, mais comme Français, non plus remplissant un office, mais professant un sentiment personnel. Personne n'ignore que M. de Sèze termina par ces mots énergiques : « Je m'arrête devant l'histoire : songez qu'elle ju-
« gera votre jugement, et que le sien sera celui des siècles. »

La voix des défenseurs de Louis XVI ne s'éleva pas seule dans l'enceinte de la Convention. De vertueux efforts furent tentés parmi l'assemblée elle-même. Rien ne donne mieux l'idée de la terreur et du désordre des esprits que les discours et les votes des membres de la Convention qui voulaient sauver le Roi. Pour pouvoir les risquer, pour ne pas nuire à la cause qu'ils voulaient servir, que de concessions dans le langage ! quelle apparente faiblesse dans des actes de courage ! certes il y avait là beaucoup d'hommes qui savaient faire le sacrifice de leur propre tête ; mais la crainte d'aggraver les chances qui menaçaient la tête royale, rendait leurs paroles timides. Enfin il ne s'en fallut que de cinq voix, et encore toutes les règles pour compter les votes furent elles indignement violées. Mais ce n'est pas là encore ce qui lave le mieux la France de cet acte sanglant : elle peut produire en témoignage de ce qu'elle était, l'obstination avec laquelle on s'opposa à l'appel au peuple. Il est visible qu'on tenait pour assuré que l'auguste accusé serait acquitté au tribunal de la nation. Elle peut s'enorgueillir de la confiance touchante avec laquelle son roi prononça ces paroles : « J'interjette appel à la nation elle-même du jugement de ses re-
« présentants. »

Sans respect pour le testament de Louis XVI et pour la loi qui nous régit, on peut fouiller de tristes archives et en tirer des noms propres. Il y a quelque chose de plus utile et de plus moral que cette érudition implacable. Dans de telles tempêtes, dans ces épidémies du crime qui saisissent parfois les réunions d'hommes, le nom des individus n'importe guère ; ce sont les symptômes généraux du mal qu'il faut signaler ; ce sont les principes et les idées qu'il convient de flétrir dans le passé, pour essayer d'en préserver l'avenir. La condamnation de Louis XVI ne fut motivée par aucun de ses prétendus juges, ni sur les principes de la justice, ni sur les règles légales. On tira de la souveraineté du peuple et de la suprême loi du salut de l'État, une dérogation avouée aux lois d'éternelle justice. On proclama qu'il y avait deux justices : une pour les simples citoyens, une autre pour le peuple souverain ; que sa volonté ne comportait nulle contradiction, et que tout était juste pour son salut. Les hommes qui n'avaient pas voulu reconnaître la souveraineté absolue d'un roi, crurent qu'en la déplaçant elle cesserait d'être abusive et tyrannique. Ils ne virent pas que la tyrannie consiste à ce qu'une souveraineté quelconque soit absolue. Dès qu'une volonté peut prévaloir contre la justice, il y a despotisme ; absence de justice, c'est absence de liberté. Rois, sénats, assemblées, peuples, tous sont coupables d'usurpation, dès qu'ils se prétendent supérieurs à la justice, dès qu'ils peuvent à leur gré ériger en crime ce qui ne l'est pas, dès qu'ils offensent la règle divine de justice et de raison, qui fut déposée dans le cœur de chaque homme, comme la vraie loi souveraine. L'intérêt général pas plus que la volonté souveraine ne peut prescrire contre le bon droit ; car ce n'est pas à la source de l'intérêt qu'est puisée l'idée de justice. S'il en était ainsi, elle n'aurait aucune autorité de conviction sur les ames ; elle serait aussi incertaine qu'ignoble. L'État pas plus que l'homme puissant n'a le droit de faire périr l'innocent pour assurer son avantage ou même son salut. Ils sont douteux ces calculs, ces projets, ces opinions qui prétendent sauver l'État en péril ! Le sentiment de la justice est certain ; la conscience crie plus haut que l'intérêt, et ne laisse aucune excuse à celui qui condamne contre sa conviction. « Il est avantageux qu'un homme meure pour le peuple (1); » telle est la maxime impie qui envoya le Christ sur la croix et Louis XVI à l'échafaud.

Quand fut prononcée la funeste sentence, les défenseurs redoublèrent leurs efforts. Chacun d'eux, plus par affection que par espérance, essaya de fléchir le tribunal d'iniquité. On ne saurait se figurer aujourd'hui que des cœurs d'homme aient pu ne pas être attendris par le vénérable Malesherbes, ce vieil ami de son roi et de son pays, étouffant dans les sanglots, balbutiant des paroles sans suite, cherchant avec désespoir à rassembler ses idées, et implorant un dernier délai. J'ai ouï dire que l'assemblée ne resta pas entièrement insensible; je lis dans le procès-verbal que le président invita les trois défenseurs de Louis aux honneurs de la séance, et que Robespierre prenant aussitôt la parole, leur dit : « Je pardonne « aux défenseurs de Louis les réflexions qu'ils se sont permises. Je « leur pardonne les sentiments d'affection qui les unissent à celui « dont ils ont embrassé la cause. »

Ce pardon promis ne fut pas observé. M. de Malesherbes ne fut pas sacré pour eux; il monta sur l'échafaud dont il n'avait pu sauver son roi. M. Tronchet se déroba au mandat lancé contre lui; M. de Sèze fut mis en prison. Ainsi ils étaient réservés au même sort. S'ils avaient eu le bonheur d'arracher Louis XVI au supplice, ce n'est pas une seule vie qu'ils auraient préservée. Une telle victime ne pouvait être immolée seule; sa mort jetait la France dans une situation où de toute nécessité beaucoup de sang devait couler. Un roi est le symbole sacré de tout l'ordre social. Le jour où l'on a pu y attenter, c'est qu'une sorte de délire a comme dissous la société, et aucune vie n'a plus la sauvegarde de la justice et de l'humanité. De là vient qu'au souvenir de Louis XVI se réunit et se confond le souvenir de cette foule de victimes sacrifiées par la ré-

(1) *Expedit vobis ut unus homo moriatur pro populo.* St.-Jean. chap. XI.

volution. Leur mort se rattache à la sienne, et il se présente à notre imagination comme le chef de cette légion de martyrs, qui ont péri dans les mauvais jours. Le culte rendu à sa mémoire embrasse et consacre le culte que tant de familles doivent aux parents que l'échafaud leur a ravis. C'est un deuil à la fois national et domestique.

Ces sentiments de vénération ne tardèrent pas à se manifester. Dès que le glaive de la terreur fut brisé, dès qu'on put se reconnaître et se parler, il y eut un accord unanime sur cette fatale journée. La mort du Roi était une parole qu'on ne prononçait qu'avec tristesse et respect. Son image, son testament se voyaient jusque dans la demeure du pauvre. Une fois, on se crut plus libre, et une bannière fut trouvée flottant au-dessus de sa sépulture. La terre où il avait été jeté était pour tous un lieu consacré. Le mot d'expiation fut même prononcé officiellement avant la restauration.

Aussi M. de Sèze se trouva bientôt récompensé par les hommages de l'opinion. Le jour où il vint ici prendre séance, M. de Fontanes lui disait : « Presque dans les cieux, Louis vous a légué sa béné- « diction et sa reconnaissance. Plus auguste en ce moment que sur « le trône, il vous communiqua je ne sais quoi de sacré. » Les mêmes paroles auraient pu lui être adressées vingt ans plus tôt, sans être démenties par une seule voix. Les opinions les plus diverses se réunissaient sur ce qui touchait la mémoire de Louis XVI. Dèslors, les souvenirs de sa mort jetaient dans toutes les ames une impression religieuse.

M. de Sèze parut sentir fortement ce que valait une si noble situation. Il pensa que l'honneur qu'il avait mérité et obtenu, lui imposait un devoir, et que sa vie entière devait être en harmonie avec l'action qui perpétuerait à jamais son nom. Dans un temps où toutes les illustrations étaient un titre assuré pour parvenir à une situation élevée, il voulut rester le défenseur du Roi, et rien de plus. Parmi toute cette gloire de la France, il avait la sienne, qu'il devait à un autre genre de courage, et qu'il avait gagnée à travers d'autres périls ; moins faciles à braver peut-être. Il vivait retiré, ainsi qu'un homme déplacé au milieu d'une époque qui n'est pas la sienne ; mais son nom était historique, et ne se prononçait qu'avec respect. Les étrangers voulaient l'avoir vu, les jeunes gens se le faisaient montrer. Il restait étranger à tous les mouvements d'un temps plein de variété et d'agitation. Seulement en 1813, quand s'écroulait le trône impérial, quand naissait l'espoir de relever à-la-fois nos libertés abattues et le trône de nos Rois, le nom de M. de Sèze se trouva associé au nom de ce généreux orateur (1) qui, le premier, fit entendre une voix courageuse pour réclamer les droits publics de la France.

La Restauration arriva : elle ne pouvait augmenter l'estime nationale qui avait environné M. de Sèze dans sa retraite ; mais elle rendit éclatant et public un hommage, qui pour avoir été vingt ans silencieux, n'était pas moins honorable. La reconnaissance royale se déploya sur lui. Aucune des distinctions qui l'élevèrent aux premiers rangs de l'État, n'étonna personne. Entre nos princes et lui, le mot faveur ne pouvait trouver place. Le défenseur de Louis XVI, celui dont le nom était inscrit dans le testament, était un homme à part pour Louis XVIII et pour Charles X. Ce n'est pas tant les titres et les honneurs qui furent sa récompense, que cette bienveillance affectueuse, cette continuelle bonté dont il fut comblé jusqu'à son dernier jour.

Il était heureux de sa situation. Qui ne l'eût pas été de l'avoir si bien méritée ? Son commerce était facile ; sa conversation animée. On aimait à voir ce contentement d'un vieillard, et ce rare exemple d'un acte de courage et de vertu, qui, accompli sans nul espoir de récompense, avait fini par la recevoir éclatante et complète. Ses opinions pouvaient se ressentir du souvenir qui le préoccupait ; il pouvait craindre avant tout et plus que tout, la moindre atteinte portée au pouvoir ; il lui était permis d'être partial pour l'autorité royale, après l'avoir défendue devant la Convention et en face

______

(1) M. Lainé.

de l'échafaud. Il y avait un jour dans sa vie où il avait fait ses preuves contre la tyrannie.

Ainsi disparaissent rapidement les acteurs et les témoins de ce grand drame, dont nous espérons avoir atteint le dénoûment. Ce qu'ont désiré tant de généreux esprits, tant d'hommes éclairés, ce que souhaita Louis XVI, semble prêt à s'accomplir. La volonté première de la France, celle qui l'avait émue aux premiers jours de la Révolution, ramenée aujourd'hui à sa pureté, guérie de son imprudence inexpérimentée, dégagée des souillures de nos troubles civils, est devenue la loi commune. Les discordes s'apaisent; les ressentiments s'effacent; les méfiances disparaissent. Un calme heureux règne sur la patrie; un sentiment mutuel de confiance et d'affection l'unit de plus en plus à son roi. Il a voulu savoir la vérité; il a écarté les obstacles qui l'empêchaient d'arriver jusqu'à lui; il a voulu connaître la pensée de son peuple, et cette pensée lui a été douce; car il a vu combien le goût d'une sage liberté était mêlé et confondu avec le respect et l'amour du prince qui maintient l'ordre et la justice; il a vu combien ont profité les leçons du passé.

Ce n'est pas au milieu des convulsions populaires et lorsque domine la violence; ce n'est pas lorsque la guerre exige une autorité forte et prompte; lorsque la fièvre de la gloire et de l'ambition enivre les esprits; ce n'est pas alors que peuvent s'établir et se consolider les libertés publiques. Au contraire, durant la paix, lorsque rien n'appelle et ne justifie l'abus du pouvoir, quand le souverain et son peuple ne se craignent pas l'un l'autre, les institutions se perfectionnent et jettent de profondes racines dans l'opinion et dans les mœurs. Au sein du repos, les lumières se répandent, les esprits se dégagent des préjugés de parti, et recouvrent l'indépendance de leur raison. La morale publique s'épure, les lettres, les sciences, les arts adoucissent les ames, et contribuent pour leur part à cette salutaire harmonie d'un gouvernement bien réglé.

Où serait-il permis plus que parmi vous, Messieurs, de se fé-
liciter d'un si heureux état de choses? Qui pourrait en sentir les
bienfaits mieux que vous, dont la vie et les travaux sont consacrés
aux pacifiques mais glorieuses conquêtes de la pensée? Organes
de l'opinion, car les lettres sont aussi la voix du peuple, votre joie
et votre reconnaissance ne sont-elles pas d'autant plus vives que
quelque tristesse et quelque crainte avaient pu auparavant se laisser
entrevoir à travers votre respectueuse réserve? Combien vous avez
à vous applaudir aujourd'hui d'avoir ainsi conservé à vos justes
louanges tout le prix qu'elles acquièrent d'une noble sincérité!

[illegible]
[illegible]
[illegible]
[illegible]
[illegible]
[illegible]
[illegible]
[illegible]

RÉPONSE

DE M. JOUY,

CHANCELIER DE L'ACADÉMIE FRANÇAISE,

AU DISCOURS

DE M. LE BARON DE BARANTE,

PRONONCÉ DANS LA SÉANCE DU 20 NOVEMBRE.

MONSIEUR,

UNE voix plus éloquente et plus connue devait se faire entendre dans cette solennité et j'éprouve, ainsi que vous, le regret qu'une indisposition du savant illustre dont j'occupe en ce moment la place, m'impose l'honneur de vous adresser, au nom de l'Académie Française, des félicitations, auxquelles le discours que vous vénez de prononcer vous donne de nouveaux droits.

Vous avez senti, Monsieur, combien il était difficile de payer à la mémoire de votre illustre prédécesseur le tribut de respects et d'hommages qui lui est dû, sans se voir emporter, malgré soi, vers les souvenirs terribles d'une époque où le nom de M. de Sèze s'en-

3.

vironnait en un jour de tout l'éclat, de toute la vénération qu'une suite de travaux honorables et de services rendus à l'État peuvent répandre sur la plus longue vie. S'il a suffi d'une grande action publique pour lui mériter une gloire immortelle, vous n'avez pu, Monsieur, vous soustraire à l'obligation douloureuse de ramener votre pensée et la nôtre sur l'événement à jamais déplorable où il développa, tout à coup, le talent, le caractère et le courage politique dont il devait laisser un mémorable exemple.

Entraînés, pour la plupart, dans l'immense naufrage où périrent d'augustes victimes, c'est à nous d'apprécier la grandeur des efforts dont nous avons été témoins durant la tempête, de célébrer l'héroïsme civil, et d'appeler sur la première des vertus la reconnaissance publique qu'elle obtient si rarement.

La valeur militaire, que tous les vœux accompagnent, que tous les honneurs attendent, peut, même au milieu des revers, réclamer le prix des efforts glorieux que la fortune a trahis : mais au sein des discordes civiles, quand tous les droits sont contestés, tous les principes méconnus, quand l'esprit de parti charge la vengeance de distribuer la louange ou le châtiment; de quelle force d'ame au-dessus de l'humanité l'homme vertueux n'a-t-il pas besoin d'être armé, pour marcher invariablement dans la ligne du devoir, en présence des factions qui le jugent et des dangers auxquels il succombera sans renommée, ou dont il triomphera sans gloire : tel fut Malesherbes, il a péri; tels furent MM. de Sèze et Tronchet, le hasard des guerres civiles a respecté leur héroïsme.

J'ai prononcé le nom de Malesherbes, ce nom, qui révèle à la pensée tout ce qu'il y a de divin dans la nature de l'homme, a fait rejaillir sur celui de l'illustre confrère que nous regrettons, un rayon de sa gloire, et l'associe à son immortalité.

Les hommes qui ne voient dans l'Académie Française qu'une société de littérateurs et de grammairiens chargés d'enregistrer les variations du langage, ont pu trouver que M. de Sèze n'était pas suffisamment qualifié pour la place à laquelle l'avaient appelé les suffrages de l'Académie ; mais ce choix a été généralement accueilli par ceux qui se font une plus haute idée de la destination de ce corps littéraire, et qui adoptent pour l'académicien la définition que donne Cicéron de l'orateur : *l'homme vertueux sachant bien dire.*

A ce double titre, le défenseur de Louis XVI a dû siéger dans cette enceinte, où l'appelaient à l'envi ses talents et son courage.

Je n'entrerai point, après vous, Monsieur, dans les détails d'une existence à la fois si élevée et si simple, partagée entre le dévouement, l'exil et le malheur. Vous avez loué M. de Sèze comme il devait l'être ; et quelque exigente que soit sa renommée, l'éloge que vous en avez fait suffit à sa gloire et doit augmenter la vôtre.

L'Académie Française en vous adoptant, Monsieur, acquitte, en quelque sorte, une dette de famille. Au milieu des honneurs et des dignités qui vous environnent, peut-être eût-elle oublié que votre nom n'est point étranger, avant vous, à nos fastes littéraires, et que plus d'un membre de votre famille s'y trouve honorablement inscrit ; vous avez pris soin de nous en faire souvenir en vous faisant des titres personnels ; l'Académie s'est empressée de les reconnaître. L'honneur que vous avez eu de l'emporter sur un concurrent qu'elle avait jugé digne de partager ses suffrages, ajoute encore à l'éclat de votre triomphe.

Déjà plusieurs écrits avaient attiré sur vous l'attention publique ; vous l'avez fixée par deux ouvrages qui vous assignent un rang distingué parmi les littérateurs et les historiens de notre époque.

Votre Tableau de la littérature française pendant le 18ᵉ siècle est plein de vues utiles, de considérations puissantes, que vous avez su rattacher d'une manière habile aux grands intérêts de l'ordre social et de la civilisation progressive.

Vous y soumettez la marche de l'esprit humain à une sorte de fatalité qui explique bien les variations de notre littérature par celles de nos mœurs.

Quelques bons esprits ont pu d'abord reculer devant les consé-
quences d'un principe qui semblait ôter aux actions quelque chose
de leur moralité : pour détruire cette objection dont la force est
tout entière dans le sens trop étendu que l'on attache à ce mot
fatalité, il vous a suffi d'en limiter l'acception, et de prouver que,
réduite à sa juste valeur, la fatalité ne peut servir d'excuse aux
excès où se livrent les passions qu'elle nous montre comme iné-
vitables.

En partant du principe que les lettres sont le résultat nécessaire
des mœurs, et qu'on ne peut changer les habitudes de la société
sans faire éprouver à la littérature un changement analogue; vous
avez disculpé la littérature, appelée à dessein la philosophie du
18 siècle, du reproche banal d'avoir enfanté ou du moins d'avoir dis-
posé les opinions et les événements qui ont amené la révolution
française, et avec elle les affreux désordres qui l'ont accompagnée
dans sa course. Vous reconnaissez l'influence immédiate de la société sur les lettres, mais non celle des lettres sur la société. Voltaire, le génie le plus indépendant de l'époque et peut-être de
toutes les époques ; Voltaire, qui de votre aveu même a donné son
nom à son siècle, ne fait pas exception à la règle générale que
vous avez posée ; vous le montrez constamment dirigé par les
opinions de son temps, et en cela du moins vous le délivrez de la
responsabilité que l'opinion contraire faisait peser sur lui seul :
vous soulagez ainsi cet Atlas de notre littérature moderne, de l'immense fardeau dont ses ennemis voudraient l'accabler.

Sans accéder à tous les jugements que vous portez sur les hommes
de ce 18e siècle, qui grandira sans cesse, jusqu'à la postérité la plus
lointaine, on reconnaît en vous, Monsieur, l'écrivain de bonne foi
dont la conscience et l'amour des lettres dirigent incessamment la
plume. — Sans doute on peut différer avec vous sur plusieurs points
de doctrine littéraire ; on peut éprouver quelque peine à se rendre
compte de la préférence que vous donnez à la métaphysique alle-

mande sur la philosophie de Locke et de Condillac : on peut distribuer dans un autre ordre les rangs que vous assignez aux successeurs de Molière, et reconnaître cependant que vous avez embrassé d'un regard plus étendu le vaste champ de la littérature, et que vous avez ennobli sa destination en y rattachant les plus hautes questions de la philosophie et de la politique. Vous avez élevé la grammaire à la dignité de la métaphysique, et cette étude aride vous a conduit à des recherches et à des vérités nouvelles. — Si l'on hésite à croire avec vous que les institutions du despotisme et de l'anarchie féodale aient pu jamais faire luire sur la France quelques jours de gloire et de bonheur, on blâme plus sévèrement Mably de se refuser à entrer dans l'esprit de nos anciennes mœurs, et de vouloir juger nos vieilles sociétés d'après les lois des antiques républiques : vous avez donc atteint le but que vous vous étiez proposé dans ce brillant tableau de la littérature française, puisque vous avez prouvé, dans un ouvrage plein de talent et d'observations, que le 18ᵉ siècle, si étrangement calomnié, avait été surtout remarquable par le mouvement des idées, par la marche des opinions humaines et par les productions de l'esprit.

En plaçant l'Histoire des ducs de Bourogne au premier rang des titres littéraires qui vous ont mérité ses suffrages, l'Académie Française n'a pas prétendu, Monsieur, se rendre juge sur la manière d'écrire l'histoire, entre vous et les maîtres illustres qui vous ont précédé dans la même carrière : vous êtes parti du principe nouveau, que la tâche de l'historien est de raconter et non de démontrer ; que la représentation fidèle de la vérité était préférable à la discussion des faits ; qu'il valait mieux peindre les caractères et les mœurs que d'en faire l'éloge ou la critique, et reproduire les événements que d'en rechercher les causes.

Vous avez voulu ranimer vos personnages, les remettre en action sur la scène du monde, et les observer au lieu de les juger ; en un mot, vous avez fait de l'histoire un théâtre : Tacite, Voltaire,

(24)

Hume, Robertson, en avaient fait un tribunal. Ce serait à tort, cependant, que l'on vous reprocherait d'avoir méconnu la gravité de l'histoire en cherchant à lui donner cet intérêt de curiosité, cette agitation, ce mouvement dramatique qui semblerait n'appartenir qu'au roman : il est certain, au contraire, que vous avez eu pour but de faire ressortir d'une narration animée les faits les plus propres à suggérer à tous les bons esprits les réflexions et les jugements que vous n'avez pas cru devoir exprimer d'une manière plus positive. — Vous avez senti, tout aussi vivement qu'un autre, que l'histoire, ce mélange de biens et de maux, de vérités et de mensonges, de sagesse et de folie, ne saurait être un simple recueil d'Éphémérides ; que la seule tâche de l'historien ne pouvait être d'illustrer de vieilles chroniques, de consacrer d'antiques erreurs, de réparer et d'orner des tombeaux ; mais peut-être avez-vous trop présumé de l'intelligence de vos lecteurs en leur abandonnant le soin de tirer du fond de vos récits la leçon qui s'y trouve cachée. — Les crimes les plus atroces, les actes de la plus odieuse tyrannie, ont souvent besoin d'être exposés en dehors des événements qui les ont produits, pour être appréciés à leur juste valeur. Peut-être n'est-il pas sans danger pour la morale publique d'abandonner le commun des hommes au conseil de leur propre raison, et de leur laisser le soin de louer ou de blâmer les actions dont on se contente de leur présenter le tableau : les monuments se détruisent, les traditions s'effacent ; mais les jugements portés par Tacite et Voltaire sur Tibère et sur Catherine de Médicis ne sortiront jamais de la mémoire des hommes.

Que l'on diffère ou non d'opinion sur le système que vous avez adopté dans l'Histoire des ducs de Bourgogne, il n'est qu'une voix sur le mérite littéraire de cet ouvrage et sur la noblesse des sentiments qui l'ont dicté.

Vous y retracez avec un rare talent une des époques de notre histoire les plus fécondes en événements remarquables, et votre sujet vous offre l'occasion de développer avec tous ses avantages le plan dramatique que vous avez adopté. En effet, si l'histoire doit être considérée comme un grand drame, quels personnages convenaient mieux à cette prosopopée historique, que les quatre princes bourguignons de la maison de Valois, dont le caractère, la vie et les avantures jettent sur leur histoire tout l'intérêt du drame et toute la variété du roman ?

On ne peut nier que le luxe de nos mœurs, en se communiquant à nos esprits, ne nous ait fait perdre quelque chose de cette franchise, de cette pureté de langage dont nos grands écrivains nous ont légué de si parfaits modèles ; l'Académie française, chargée plus spécialement de conserver ce riche héritage, à su apprécier en vous, Monsieur, un mérite qu'elle recherche avant tout, celui de bien écrire : vous avez toujours ce que Fontenelle eût appelé le style de votre pensée ; clair, précis, élégant comme elle, on n'y sent point cette affectation, cette recherche de mots nouveaux, ou détournés de leur acception première, pour donner à des lieux communs l'air de pensées nouvelles. Vous vous contentez de la langue de Pascal, de Buffon, de Voltaire ; c'est le moyen d'être entendu dans l'avenir.

D'Alembert a dit, dans une solennité semblable à celle qui nous réunit, que *si le mérite seul a droit de frapper aux portes de l'Académie, c'est aux qualités sociales à les faire ouvrir* ; c'est à ce double titre, Monsieur, qu'elles se sont ouvertes devant vous ; les membres de cette compagnie ne sont pas seulement des collègues, ce sont aussi des confrères ; ils trouvent en vous l'un et l'autre, et nous aurons chaque jour à nous applaudir de cette mutuelle adoption.

Votre nomination, Monsieur, quelque agréable qu'elle ait été à vos nouveaux confrères, a cependant été accompagnée, comme elles le sont toutes, du double regret de la perte que nous avons faite et de l'impuissance où nous sommes de satisfaire à toutes les espérances fondées, qu'une place vacante au milieu de nous fait naître parmi les candidats. L'Académie Française a les yeux ouverts sur toutes les supériorités littéraires, qui doivent un jour lui appartenir ; elle n'est pas sourde à la voix publique qui lui signale à la tribune, au barreau, dans les camps, sous le toit modeste que le poète remplit des sons de sa lyre patriotique, les hommes sur qui doivent un jour porter son choix. Cependant il est une vérité de fait que la plus juste impatience des prétendants ne peut méconnaître : notre nombre est limité ; et la mort, tout active qu'elle est, quelque empressement que nous mettions à réparer nos pertes, nous laisse dans l'impossibilité de satisfaire à la fois à tous les droits reconnus : l'Académie se plaît d'avance à repeupler ses rangs des célébrités qui l'environnent et des jeunes talents qui perpétueront sa gloire en accomplissant ses nouvelles destinées.

Nos mœurs changent, une irrésistible influence nous entraîne, des coutumes élégantes de Louis XIV, vers des habitudes plus graves et plus fortes. — Que l'on s'élève contre ces changements que nous appelons des progrès, séduits par l'éclat d'un temps où brillaient ensemble les Condé, les Molière, les Bossuet ; que des esprits voués au culte du passé dédaignent un avenir qui nous promet une autre gloire ; cela doit être : il y a même quelque chose de noble dans ces regrets, quelque chose de généreux dans cette adoration des souvenirs ; mais heureux, ou si l'on veut, forcés de vivre dans notre temps, d'être contemporains de notre époque, nous devons bénir ou du moins avouer des changements prodigues d'espérances, et déja si féconds en grands résultats. A ne considérer ici que ceux qui intéressent plus particulièrement l'Académie Française, nous voyons d'abord que l'éloquence politique, sans but et sans objet dans l'ancienne monarchie, est mise aujourd'hui par la force des choses à la tête de la littérature, de cette littérature qui doit répondre, sous une monarchie constitutionnelle, aux besoins intellectuels de la France et de son gounement, aux exigences de cette philosophie à la fois pratique et spéculative, qui est, et qui restera, quoi qu'on puisse dire, le plus solide appui de la religion et du trône, comme de la liberté.

Ce talent de l'orateur, placé désormais si haut dans l'estime des Français, vous en avez fait, Monsieur, un noble usage dans la chambre héréditaire, où les libertés publiques vous comptent au nombre de leurs plus éloquents défenseurs : l'éclat d'un pareil titre, auquel les dignités et le rang ne sauraient ajouter aucun lustre, en attirant sur vous les regards de l'Europe, avait proclamé d'avance le choix de l'Académie Française. On comprendra donc désormais sous ce nom de littérature, tout ce qui peut ennoblir l'esprit humain et améliorer l'état des sociétés, en répandant l'instruction dans toutes les classes du peuple, et en affermissant l'autorité royale sur la base inébranlable des lois.

Ce progrès rapide qui nous entraîne vers des destinées meilleures; ce progrès que le philosophe religieux lui-même regarde comme un développement nécessaire de l'intelligence humaine, comme l'accomplissement d'un des décrets de l'éternelle providence, n'a pas dû rester étranger à la seule Académie Française. La pensée publique est devenue puissante; la littérature, qui en est l'expression, a vu s'agrandir son domaine; et l'Académie, loin de se soustraire au nouveau mouvement des esprits, a dû chercher à le diriger : c'est dans cette route qu'elle marche depuis quelques années. Après tant de siècles de disputes, après tant de livres écrits, tant de plaidoyers pour ou contre la raison humaine, ne reste-t-il pas encore à savoir comment la liberté peut s'accorder avec le pouvoir, comment les intérêts particuliers peuvent se confondre dans l'intérêt général, par quels canaux la science peut descendre, sans obstacles, des hauteurs de la société jusqu'aux classes inférieures? toutes ces questions sont aujourd'hui du ressort de l'Académie Française : un vénérable ami de l'humanité, éternel bienfaiteur de notre Académie, les lui a spécialement soumises en lui léguant l'honorable soin de décerner, tous les ans, les riches prix qu'il a fondés en faveur de l'action la plus vertueuse et de l'ouvrage le plus utile auxmœurs.

Rendue à toute la dignité de son origine, l'Académie Française peut donc être considérée comme le point central où viendront converger tous les rayons des sciences morales et intellectuelles, sans jamais perdre de vue le but principal de son institution, c'est-à-dire la conservation de notre idiome dans toute sa pureté. Nos illustres prédécesseurs ont fixé la langue, notre tâche se borne à maintenir leur ouvrage au milieu des vicissitudes où l'exposent de nouvelles théories littéraires, eu nous efforçant de ramener à la règle de l'éternelle raison, mère du génie, la timidité servile des uns et la burlesque audace des autres.

S'il est vrai, Messieurs, que les destinées de l'Académie ont grandi avec celles de la France et qu'un avenir plus glorieux encore semble réservé à ce corps littéraire, hâtons-nous de faire hommage à notre auguste protecteur de ses progrès présents et de sa grandeur future ; que la reconnaissance nationale signale par notre voix le bienfait inappréciable du règne de Charles X, cette liberté de la presse qui les renferme toutes, et qui fera bénir, dans la dernière postérité, le nom du monarque qui fonda sur cette base impérissable la gloire de son pays et sa propre immortalité.